poesy＊ポエジー 21

# まくらことばうた

江田浩司
EDA Kouji

北冬舎

まくらことばうた目次

一

二

三

# まくらことばうた

# 一

## 【い】のまくら

いはばしる淡海《あふみ》の人は燃えたたす微笑の果てに咲く凍《し》み明《あ》かり

いはばしの間近《まぢか》き君に深むかも真水《まみづ》に浮かぶ天体の香よ

いはにふり破《わ》れてくだけて瀬をなせるしどろなる水　月や棲めると

いはほなす常磐《ときは》に蒼き風は充つ鳥雲《とりくも》の辺《へ》に葦の酩酊《めいてい》

いはほすげねもころつくす恋にして逆光の中ふるへやまざる

いはたたす少名《すくな》御神《みかみ》の霧《きら》ひける言の葉の風　渓《たに》をのがれて

いはそそく垂水《たるみ》の岩の月光《つきかげ》に酔《ゑ》ひ酔《ゑ》ひて寒きパトス燃え立つ

いはつつじいはねばならぬこともなし命の半ば月や渡ると

いはつなのをちかへりつつにほふかも身《み》の淵瀬《ふちせ》にてゆれやまぬ地よ

いはゐつら引かばぬるぬる輝《かがよ》ひの手づからしぼる深きこころか

いはくだす畏《かしこ》き御声《みこゑ》みちみちて乱れし髪に神きこしめす

いはくえの悔《く》ゆとも声は奔《はし》りゆき火の船のごとわれを染めゆく

いはぶちの隠《こも》りて雨の国を聴くあるときは死に喉を晒《さら》せり

いはみがた恨み吸ひ上げ倦《う》まぬかも昏《くら》きがなかに愛を懼《おそ》るる

いはしみづいはで葉風《はかぜ》に暮るるかも華《はな》やぎ曲がる闇の手のひら

いはひつき幾世《いくよ》まで愛たしかめむ祈禱《きたう》のごとき問ひを問はしめ

いはひしま斎《いは》ひまつらむわが妻を蘂《しべ》や狂ひて恋ひ熟《う》るるまじ

いはせやまいはですぎゆく風の束《たば》　蒼き御声《みこゑ》に管《くだ》なす光

いにしへのしづのをだまきいやしきも月や洗はむかそけきひびき

いほへなみ立ちても居ても遥かより橋上の楽《がく》鳴りやまぬかも

いへつとり鶏《かけ》鳴く明《あ》けの劇場に寄せては返す夢の心音《しんおん》

いとのきて短き夢に沈みたり稲妻の眉ふるへやまざる

いちさかき実《み》の多けくをやさしみて彩夢《さいむ》に哭《こく》す風のあばらか

いりひなす隠《かく》るの里に棒のごと立ちつくしたき吾《われ》かもしれず

いぬじもの道に伏してや鎖《さ》されたる光よ遊ぶ　光よ遊べ

いるや的《まと》わが指もるる言の葉の死後のごとくに一日《ひとひ》深むも

いかりづな苦しき夢と割りきらば無窮《むきゆう》の胸に入《い》るる心地す

いかりなは苦しみ尽きぬ歳月や落ち葉をなせる劫初《ごふしよ》の御声《みこゑ》

いかりおろしいかにかもせむ昼顔の光あま嚙むしづの和魂《にぎたま》

いかるがの因可《よるか》の池に映りたる月こそ御声《みこゑ》　水と戯《たはぶ》る

いかごやまいかなる声に沈みたる飢ゑの光に吸ひ寄せらるる

いれひものおなじ心に死なしめむ昇天のなき言葉の闇に

いそがひの片恋《かたこひ》にふる雪ふかく囀《さへづ》りやまね夢に沁むまで

いそのかみ故郷《ふるさと》に立つ秋風や血を曳く声の翔《かけ》る起き伏し

いそのまつつねに待たるるはつはつの闇爛爛《らんらん》と血脈《けちみやく》ひらく

いつしばはらのいつもいつも御手《みて》を垂る闇の光に匂ふまぼろし

いつしばのいつとしもなき夢心地　幸ひ響け春雷家族

いなむしろ敷きて眠れる蒼き夜にうち囲まれし光の襤褸《らんる》

いなうしろ川にたちたつ白波の炎のごとき夢に打たるる

いなのめの明けゆく空に解《と》かれゆく華《はな》の宴《うたげ》か祈り凍てしむ

いなふねの軽くも映《は》ゆる残照に野太き風の声や澄みゆく

いなみつま辛荷《からに》の島の波の音　常《とは》つられたる声や充ちくる

いなみのの否《いな》といひつつ父の夜に光の肉やのどぼとけ燃ゆ

いなびつまうらみを発《た》ちて桃の夜に青ぞら砕き目にも沁むかな

いけみづの深きに御手《みて》を垂れたまふ十六夜《いさよひ》の月　神や湧くらむ

いさりびの火のほのかにて大海《おほうみ》に天上の傷　舞ひ降りしかも

いさなとり海にあふるる歌ごゑの風の御墓《みはか》となりやならまし

いさやがは不知《いさ》いさ流る宵やみの傷の深みをはかる風の手

いゆきあひの坂に拾はれ泣きじやくる時《とき》の眼《まな》ざしのみの眩《まばゆ》き

いゆししのゆきも死なむと思ひ暮《く》る「終はりはないさ」語る笑顔の

いめたてて跡見《とみ》に夢みる獣《けもの》らの首垂れてをるやさしさならむ

いめひとの伏見《ふしみ》にふれる霜まぶし傷《いた》みをたたへ雁や渡れる

いしばしる瀧《たき》の顎門《あぎと》に孕みたる明《あ》け色《いろ》の魂《こん》さめざらましを

いしたふや天馳使《あまはせづかひ》　魂魄《こんぱく》の光の羽化《うか》を囲ふわたつみ

いしまくらこけむすまでに夢を欲《ほ》る幻を見む魂《たま》やしぼると

いもにこひあが松原をさまよひてさまよひつきぬ蒼き一筋《ひとすぢ》

いもがいへに雪降れ降らば性愛のランプ渦まく二人《ふたり》なるらむ

いもがかど出《い》でて濡れゆく霧雨の道ほそほそと燃えてゐるらむ

いもがかみ上竹葉野《あげたかはの》の朱《あけ》の雲わが揚《あ》げひばり縷《る》縷《る》巻きしめよ

いもがそで巻来《まきき》の山の音に染むわが量感の崩れゆくかも

いもがうむ小津《をつ》の浦浦そぼちたりわれはもふるる草の香りに

いもがてを取りてやすやす引きゆけば光のゆくへ見失ひたる

いもがきる三笠《みかさ》の山に声は立ち露に濡れたる足を思はむ

いもがめを見しときにはやうしなへる甘美《かんび》なるかもわが憂愁は

いもがひも結《ゆ》ふては解《と》きてひとすぢの淡黄《たんくわう》の咲《ゑ》み諸刃《もろは》を立つる

いもらがり今木《いまき》の秋に冷えしるく空の咽喉《のみど》はむせび泣きをり

いもらがりと生駒《いこま》の闇に置かれたりわが視野を撃つわれならむかも

いすくはしくぢらの眼《まなこ》あをくして夢かがやかす夢の栖《すみか》ぞ

## 【は】のまくら

はたすすき穂《ほ》に出《い》でし罪と思はなむ死のみを讃《たた》ふこころ速《はや》みて

はだすすき穂《ほ》や揺れやまむ蒼海《あをうみ》の顕《た》ち給ふがにこころ乱るる

はつかしの森に風ふき結界は爪立《つまだ》つごとく醒めざらましを

はこどりの明けてとどろく風の額《がく》　死を思はざれ麦光《ばくくわう》は散り

はしたかの野守《のもり》の鏡はふはふと夕影による魂の翳《かげ》
はしたての嶮《さが》しき山に雨の影　昏《くら》き肺腑《はいふ》を落ちし雲雀《ひばり》よ
はしむかふ弟《おと》の耳より血は垂れて清められたりわれの薄闇

## 【に】のまくら

にはにたつ麻《あさ》　あさに犇《ひし》めき透明な沈没船のやうなかげろひ
にはたづみ流るる声にみだれたり影あらばそをわれかと思ふ
にはつとり鶏《かけ》鳴きやまね小銀河、大銀河から雪は降らずや
にはすずめうずすまりゐて愛《かな》しみの渦をなすかも風ふきやまず

にほてるや桜谷《さくらたに》から立ちたまふ魂《たま》火《ほ》照《て》りたり思ひ深しも

にげみづの逃げたる果てに青空の墓原《はかはら》はあり鳥雲《とりくも》うかぶ

にこぐさのにこよかに声通《かよ》ふかも春立つ風に水は盲《めし》ひし

にごりみづ澄み果てたれば悲しみの童子《どうじ》ふらりと立ちあらはるる

にきたまのたわやめ汝《なれ》の手を取りて遠くて近きものを思へり

にひはり筑波《つくば》につきて薄明《はくめい》のわたくしといふ風に出逢へり

にひむろを踏み静《しづ》みては恋しけり渦、渦と来よ殺《あや》められたし

## 【ほ】のまくら

ほへなす　かがやく神や早熟な夜を渡れるくさいろの蝶

ほととぎすほとほと啼かずみささぎの春を濡らせる雨の方舟《はこぶね》

ほたるなす笑《ゑま》ひほのかに鶸色《ひはいろ》の殺意かりこよ水洗ふ妻

ほたるの燃えこそわたれ涅槃風《ねはんかぜ》　乳《ちち》くさき酢を呑み干すうつつ

ほたるびのかがやく神は耕せり屈葬《くつさう》に似る言の葉の黙《もだ》

ほそひれのさきさか山はまなこ閉づ摑めるか吾《あ》を鳥の面《つら》ほど

ほのぼのと明石《あかし》の浦の春雨にうたれて疼《うづ》けすぎこしの坂

ほしづきよ鎌倉山《かまくらやま》の焚き火あと牡牛《をうし》の目玉ころげ散るべし

## 【へ】の まくら

へつなみのいやしくしくにやはらかくゆくするゑを食《は》む父裂き母裂き

へつなみ　背《そ》に脱《ぬ》き棄《う》ててマラルメの蛍籠から狩りいだすころ

## 【と】のまくら

とがのきのいやつぎつぎにうち捨つる夢に草食《くさは》む吾《われ》を見つめよ

とこよのかり率《ひき》ゐ列《つら》ねてかがよへり御空《みそら》の深井《ふかゐ》蜜を垂らして

とこよもの橘《たちばな》の木に巣をなせる身《み》に速雨《はやさめ》の逝《ゆ》きやしぬらむ

とこなめの絶ゆることなく恋ひつづけ青鷺《あをさぎ》かをる夢を織りなす

とこじものうちこい伏して夫《つま》たらむわれらは言葉ならむ恋せむ
ときつかぜ吹飯《ふけひ》の浜にまろぶかもあはれはきざす交尾《つる》め言の葉
ときぎぬの思ひ乱れて妻恋し虚《きょ》に居て実《じつ》に竿をかかげる

## 【ち】のまくら

ちはやぶる神にしあれば言の葉は明るき闇を秘めにけるかも

ちはやひと宇治《うぢ》の川面《かはも》に立ち渡る霧に音《ね》のみぞ鳴ける言の葉

ちばの葛野《かづの》　茫洋《ばうやう》と馬の背に見ゆる満ちゆく月は腸《わた》たらすかも

ちどりなく佐保《さほ》の川波おちゆけば風の駅《うまや》をひらきゆくかも

ちちのみの父は言葉《ろごす》を終はるかも火の耳をもて吹かれたるかも

ちりひぢの数にもあらぬわが身《み》にて賽《さい》の宴《うたげ》の流刑地《るけいち》ならむ

## 【ぬ】のまくら

ぬばたまの夜《よ》に神燃ゆる美しさ裸形《らぎやう》の闇に水を嗅ぎたり

ぬれごろも夕日を銜《くは》へ白雲《はくうん》の風の遺骸《ゐがい》をゆくやゆきなむ

ぬつとり　雉《きぎし》は響《とよ》み汝《なれ》の傷たつがに暮るる生きて来し方

ぬまみづの行方《ゆくへ》もなくて寂しきにあはれを咬まむ十六夜《いさよひ》の月

ぬえとりの呻吟《のどよ》ひ居るに月の光《かげ》　悲《ひ》の器《うつは》もる声をあげしむ

ぬえくさの女《め》に氷柱《ひようちゆう》の渦あかり苦しき快楽《けらく》あれにけるかも

ぬえことりうら鳴きをりて淋しさのうすあかりつゆ闇に生まれぬ

## 【を】のまくら

をとこやま栄《さか》ゆくときし山鳩の胸の色なる彩《さい》を惜しまむ

をとめごが夕神山《ゆふかみやま》に吐く息の髪　黒神《くろかみ》の思ひひそめむ

をぐるまのわが身《み》に響《とよ》む鳥の声、少女《をとめ》らのこゑ風や傷《いた》まむ

をしほやま神代《かみよ》かぎろふ黒髪のかがよふ神代《かみよ》かぎろふ桜

をしどりのをしきわが身《み》にわき上がるかみ売りのこゑ晩夏やさしき

二

# 【わ】のまくら

わかれぢをおしあけ放つ風吹けり汝《な》が大虚《おほうつ》に蒼馬《あをうま》みちぬ

わかれてはいくらの山を越えかねて水のいざなみ夢に顕《た》ちたつ

わかくさの言の葉に波てりかへし前世《ぜんせ》の胸にふり沈むこゑ

わかこもを猟路《かりぢ》の額《がく》に欲《ほ》るごとく妻の異形《いぎやう》の淵に手を入《い》る

わかひさきわが久《ひさ》ならぬ水の葉のかがよふ闇に夢は棲むとぞ

わがいのちを長門《ながと》の風に束ねたり黙狂《もくきやう》の果てを見えくる咲《ゑま》ひ

わがたたみ三重《みへ》の思ひに時じくの言の葉散れり常世《とこよ》ねむれる

わがこころ筑紫《つくし》の山に直《す》ぐなれば残夢《ざんむ》の霧に立ち迷ひたり

わがこひに暗部《くらぶ》の山に降る雪の絶えなむ声のこゑの湍《たぎ》あり

わがせこをこち巨勢山《こせやま》と妻の呼ぶ　この夫《つま》はかぜ木の葉こぼれぬ

わたりがはわたる思ひに魂《たま》ひびき捜神《さうしん》の夢断ちがたきかも

わたのそこ奥《おき》つ愛《かな》しみとどかざり木の葉のごとくひかり舞ひ舞ふ

われふねのわれの憂《うれ》ひに鰭《ひれ》をふる光あふるる蒼穹《さうきゆう》の谿《たに》

わぎもこにゆきあひの神　麦《むぎ》にほふ速雨《はやさめ》の脚《あし》かげを曳きゆく

わぎもこをいざみの山に吐きし夢　抒歌《じよか》の夕ばえ唇《くち》を吸ひけり

わぎもこが日の夕暮れに咲きにけり影ふかぶかと異形《いぎやう》の水夢《すいむ》

わすれがひ忘れぬ初夏に青馬《あをうま》の水脈《すいみやく》をなすごときたてがみ

わすれぐさ忘るるばかりかがよひて蜻蛉《せいれい》の影とぢる別れか

わすれみづたえまたえまに陽《ひ》をあびる流離の声を映す蒼氓《さうばう》

## 【か】のまくら

かはたけの流れて光みなぎらふ貌《かほ》もたぬかも明けの葬列

かはづなく泉の里に住み古《ふ》れば忘却のごと傷《いた》みけるかも

かはなみの並《なみ》に思はば華《はな》やげる声の礫《つぶて》とならむ宿世《すくせ》か

かはやぎのねもころ見れば死者の歯はさばかり涌きて流るる笑《ゑま》ひ

かはぎしの待《ま》つ松《まつ》の間《ま》にまくなぎの瀬に嫋嫋《でうでう》と奈落なすかも

かほばなのぬるとも笑《ゑま》ひふかぶかとまぶしき方《かた》に欲情の暈《かさ》

かへるやまかへるがへるも思ひみよ崖《きりぎし》めきし華《はな》やぎの生

かぢのおとのつばらつばらにかへりゆく未生《みしやう》の夏のかなかなと化《か》し

かりがねの鳴きこそ渡れ姦淫のわたくしに吹く風のごとき愛

かりたかの高円山《たかまどやま》に忘れこし椎《しひ》の実《み》ぬらすかの時の雨

かりこもの心もしのに泣きつくし残滓《ざんし》に渇くわれにあらずや

かりごろもおどろの道に抱《いだ》かれてうつつなき身《み》は発熱をせり

かりびとの入野《いるの》の道の露しとど　しをん、しをん、神に生きて

かるかやの穂《ほ》に隊商の声みだれ墜《お》ちゆくさきに歌人かがよふ

かるくさの束《つか》の間《ま》もまだ眩《まぶ》しき血　わたしは廃墟、夕陽したたり

かるこもの目に見ゆる雨　喪《うしな》ひしこゑをし追はむ黄昏《くわうこん》の蝶

かるもかくゐまちの月を待《ま》つの間《ま》に皮をぬぎゆく初春《はつはる》の夜《よ》や

かがりびのかげなる身にて思ひのみ秀《ほ》にながらふよ頰笑《ほほゑ》み熟《う》れし

かがみなるわが見し妻のししむらを蛍の空にかへさむとする

かがみなすわが思《も》ふ妻に湧くこゑを泉のごとくひたぶるに聴く

かたいとをより合はせてはおらびたり夢の草生《くさふ》にあめ色の牛

かたいとの夜《よる》に濡れつつ少年の瞳に映る埴輪《はにわ》の男

かたもひの底に沈みて嘶《いなな》けり青年はかく鬣《たてがみ》たつる

かづらかけかぐはしき君ししむらの息づきは呪詛《じゆそ》　艶《つや》めく飢渇《きかつ》

かづのきのかづさねわれはたぎりたつ空の響《とよ》みのごとく十六夜《いさよひ》

からにしき織る営みに母が生みわたしが生きた故郷《ふるさと》の地よ

からなづななづさはむかもくろぐろと来世《らいせ》の駅《うまや》こゐたてて泣く

からくにの辛《から》くもあるか杳《えう》として風の通《かよ》ひ路笑《ぢゑま》ひにみちぬ

からくしげ明《あ》けて滅びの息づきや見上げてをらむ星の柩《ひつぎ》を

からころも袖の中から波の音うす墨の死を喰《くら》ふ揺籃《えうらん》

かくれぬの底を奔《はし》れる熱砂かも死を掬《すく》ふべき篁《たかむら》の燦《さん》

かくなわに思ひ乱れて光りをり蜻蛉《せいれい》の日の消え入る見れば

かくもぐさかくのみ恋ひて深むかも硝子《ガラス》の中に羽を織る妻

かぐはし花橘《はなたちばな》は濡れませり朝日に擦《す》るる声や消えゆく

かぐはしき花橘《はなたちばな》をおろおろと見あげてあれば風ふきゆきぬ

かやりびの下燃え蜜を垂らす世に骨太の声ひびきわたりぬ

かけはしの危ふさ過ぎてあふぎたり無頼の徒なる蒼き鶺鴒《せきれい》

かげろふのはかなき今を生き継ぎてきさらぎの空に沈む泡沫《うたかた》

かこじもの独り笑《わら》ひに跳ねる魚　遠雷に水震へてゐたり

かざはやの美保《みほ》の月冷ゆ　爛爛《らんらん》と図り難きは母を産むこと

かざしをる三輪《みわ》の夕影倒れつつわたつみの窓ひらきゆくかも

かきほなす人言《ひとごと》に深ききりぎしは傷口をたち妻を吸ふかも

かきかぞふ二上山《ふたがみやま》に降りつづく声の瞳は妻の羽音《はおと》か

かきつはた丹《に》つらふ妻は寡黙《かもく》なり飢ゑを閉ざせる聡き筒かも

かきこゆる犬の瞳に映りたる吾妻《あづま》もわれも雲の早さや

かぎろひの燃ゆる思ひに立ち尽くし立ち尽くすとやわれは狂《ふ》れつつ

かみかぜの伊勢《いせ》の海から火を運ぶ血潮や透きぬ悦《よろこ》びの琴

かみかぜやみもすそ川に涌く霧に昏睡《こんすい》の虹さばくにあらず

かみがきの夕付鳥《ゆふつけどり》の声を聞く沈める脳に母は病めるも

かみがきやみたらし川に手をひたし深草《ふかくさ》の君婚姻をなす

かみつけのまぐはしまどに裾垂らす獣《けだもの》くさく濡れそぼつ石

かしはぎの洩《も》りてゐるなり岩の上　世紀末とふ渚の眼《まなこ》

かしのみのひとりかも寝む暗闇に落暉《らっき》の黙《もだ》を欲《ほ》りす童謡《わざうた》

かもめゐる藤江《ふぢえ》の浦に咬みあひて孤《こ》をまとひたり鎮め難しも

かもじもの浮きし影見ゆ冷え冷えとわたしの躰《からだ》はや吸ひの水

かぜのとの遠き薄明《はくめい》　少年が夕蟬のごと脱皮をなせり

かすがのの訪《と》ふ日《ひ》に儚《はかな》さくらびと叫《おら》びてをらむ渚なす空

かすみたつ春に石うす挽《ひ》く音のあなよろづ世に木霊《こだま》なすかも

## 【よ】のまくら

よとともにあぶくま川《がは》にゆきめぐる鳥追ひの声、人追ひの唄

よどがはのよどむ思ひに棲む鳥の水くぐりゆく言の葉ならむ

よりたけの一夜《ひとよ》の憂《うれ》ひ声にだし汝《な》が形代《かたしろ》に吹きかける夢

よたけたつ袖の水沼《みぬま》に声みちて夕ひばり墜《お》つ言の葉の翳《かげ》

よなばりのゐかひの丘に聞く雪の夢に立ちたつ言の葉の夢

よぶことり呼ぶ声あかねさす森に水を語れり風の言の葉

よしのかは絶ゆることなき言の葉の水脈《みを》に醒めゆく魂やよし

よしのやまよしや泡立つ羞《やさ》しさのか青き言葉われの濡るるは

よしきがはよしなき声にまかがやくわれを残して驟雨《しうう》すぎたり

よするなみあひだも置きて描きしを足裏《あうら》、アウラをぬらす言の葉

## 【た】のまくら

たかくらの三《み》笠《かさ》の山の霧の根《ね》にこほろぎのこゑ渇きさまよふ

たかさごのまつもむなしき月の夜《よ》にうらわかき莢《さや》おもひ病むべし

たかしるや天《あめ》の御蔭《みかげ》に命とぎ思ふは霧を束ねたる君

たかせさす六田《むつた》の淀に雲流れふところふかき闇はまぶしも

## 【そ】のまくら

そにどりの青き衣に揺れやまぬ細き御指《みゆび》に火の匂ひせり

そらかぞふ大津《おほつ》の子らの声ひびきめぐりくるらし君の鼓動は

そらみつ大和《やまと》の国に目を閉ぢる雨に撲《う》たれよ言の葉の躰《たい》

そじしの空国《むなくに》　鬼踊り　露にひらけよ秋蟬《しうせん》の悲歌《ひか》

## 【つ】の まくら

つかねども都久野《つくの》に到りさびしさの果てなむ里をなぞるうすら陽《び》

つがのきのいやつぎつぎに世の中をわけゆく永久器官たそかれ

つきくさの移らふ命むすびつつたえつつchora《コーラ》、chora《コーラ》、言の葉

つきさかき厳《いづ》の御魂《みたま》にこんこんと炎を水に変へる結界

## 【ね】のまくら

ねぬはなの長きしじまに水明かり悲劇のほむら立つや立ちなむ

ねをたえて来《こ》ぬ暁闇《げうあん》の流れかも根元喩《こんげんゆ》とふイデアにまかる

ねじろの白きただむき照り映ゆる黄昏《たそかれ》どきの底なしの寒《かん》

ねぜりつむ沢田《さはた》に立ちてくづほれり世界の果てとしてのわれかも

## 【な】の まくら

なくとりの間《ま》なくときなし終《つひ》の世《よ》に異形《いぎやう》を病みしわれならなくに

なくたづの音《ね》のみし泣かゆ　ゆらゆらと歌ほろびたるのちのわたつみ

なくこなすねのみし泣かゆ修羅を裂き詩《うた》を殺《あや》めむ花鳥《くわてう》の夢に

なくしかの起き伏し氷雨《ひさめ》ふるなへに神殺《あや》めたる言の葉すたる

なぐはし吉野《よしの》の山に雷帝の歌をし見つる赤裸《せきら》なる花

なぐはしき稲見《いなみ》の海に虹かかり葡萄《ぶだう》の血たる神に執《しふ》せり

なぐるさの遠離《とほざか》りゐて思ふかも青人草《あをひとぐさ》に燃ゆる風霜《ふうさう》

なきなのみ立田《たつた》の山のむらぎもに神かへりこよ雉子《きぎし》啼くなる

なきことを磐余《いはれ》の森に冷え冷えと神のきりぎしめきて百舌《もず》啼く

なすのゆの滾《たぎ》るまぼろし羞《やさ》しかり癒《い》えゆきしかもわが負ひし身《み》に

## 【む】のまくら

むばたまの闇に降りこし琅玕《らうかん》に仔雀ほどの微熱きざせり

むかさくる壱岐《いき》の万象《ばんしやう》にほひ立ち白昼の夢ひらく秋霖《しうりん》

むらくもの杉の明るさかへりみよ雨の穴なる人間の業《ごふ》

むらきもの心を食《は》みし風花《かざはな》に死者をうるほす光ただよふ

むぐらはふ賤《いや》しき熟《う》れもかぎりなし蔭《かげ》を深くす吾《われ》とふ水面《みなも》

むまのつめつくして生くるかりそめの世《よ》と云ひてはや霧ふかく謳《うた》ふ

むさしあぶみ文《ふみ》みたしゆく夜の雨ふた子の兄が人間《じんかん》を問ふ

むしぶすま柔《なご》やが中に嗚《を》咽《えつ》する人間《じんかん》といふうすら氷《ひ》を抱き

むもれぎの知れずに充つる思ひかも反歌のごとく火を放ちゆく

むすびまつ解《と》くあをしろき頰笑みの痩せつる兄よ雲雀《ひばり》ねむれり

三

## 【う】のまくら

うろぢより室《むろ》の中《うち》なる室《むろ》にさす揺影《えうえい》を曳く詩歌なるらむ

うばたまの夢に立ちたる青嵐《あをあらし》　未生《みしやう》以前の汗にまみるる

うどはまの疎《うと》くもあるか乳房《ちちふさ》の記憶にたぐふ言の葉の風

うちわたす水の入江の夢みれば人形《ひとがた》うかぶ虹の余白に

うちよする駿河《するが》の海におほきなる光の柩《ひつぎ》　手を汚《けが》したり

うちたをりたむたむ霧の深みゆく愛といふ名の死を売りに来る

うちたれがみの乱れにみだれ鯖色《さばいろ》の殉教の世に巣をなす深傷《ふかで》

うちそを麻績王《をみのおほきみ》あまだれのぐにやぐにやと卵《らん》くだるあけぼの

うちそかけ倦《う》むばかりなる蜜月に四月《うづき》の雨に受胎するチェロ

うちなびく草に開けるこゑの喪《も》の身《み》をうれへつつたまゆらはあり

うちなびき春の初夜なる声の中《うち》　恍惚たれな望月の夜

うちのぼる佐保《さほ》のひびきに散る月の死後硬直のごとく渇けり

うちえする駿河《するが》の海に椅子ねむり装束《さうぞく》を解《と》く月やあらぬと

うちひさつ三宅《みやけ》の原にひえびえとうらがへるなり傷をあたたむ

うちひさす宮《みや》にあるとも貝殻《かひがら》の死を旅立てる反吐《へど》なるやわれ

うぢかはの絶えぬ流れに歯を立てるまことしやかな雅歌を織りなし

うぢやまの五十鈴《いすず》の原にサーカスが去りしのちなる穴は残れり

うりつくりとなりかくなりをりをりに顔あげしとき許し難き非《ひ》

うかねらふ跡《と》見山《みやま》の月たへずして常世《とこよ》の腸《わた》を垂《た》らすしみらに

うたかたの消えては心しづまれり舌あれゆけるのちのあをさに

うつそやしをみの歌ごゑきりぎしに手を翳《かざ》したりひばり墜《お》つ穴

うつそみの人なるわれや裏がへる記憶の飛《ひ》火《くわ》に起こせわが歌

うつゆふの隠《こも》りて洗ふ驢《ろ》馬《ば》の耳　母なる音《おと》につまづきにけり

うつせがひ実《み》なき言葉に水の檻《をり》　歯の痕《あと》さびし飲みくだしたる

うつせみの世のならひとや白銀《しろがね》の双子のごとく湧き立ちをらむ

うづらとり領巾《ひれ》取《と》りかけて蹌踉《さうらう》と墓群《はかはら》あゆむ月は友なり

うづらなくふりにし郷《さと》や夜に顕《た》つ煙のごとき言葉を聴かむ

うづらなすいはひもとほり迷ひたり言葉病みたる友はしろがね

うらぐはし布勢《ふせ》の水海《みづうみ》うら皮の憂《う》し手のひらに火の匂ひする

うのはなの憂《う》き夢みたる復活祭とび散る珠《たま》を恍惚とあり

うぐひすの春をいざなふ声みちて光の沙庭《さには》　朴《ほほ》の木萌《も》ゆる

うまなめて多賀《たか》の山なみ憎しみの魂およぶ密なすフーガ

うまのつめつくす哀れよ苦《にが》よもぎ蒼白の鍵　薔薇《ばら》に打たれよ

うまこり綾《あや》にあやしきあやかしの眩《まばゆ》き言葉せつせつと泣く

うまさけをみわずぶ濡れのみわ身《み》に炎立《ほむら》つ歌を掬《すく》へり

うまさけの身《み》に沈みゆく良夜かも麦熟《う》れゆける挽歌聞かしむ

うまさけみわのみわに酔《ゑ》ひたるすぎこしをまみとぢてみむ世界の終はり

うましもの阿倍《あべ》橘《たちばな》の朽ちるまでみわすはみわと一語《いちご》ふふめり

うまじもの立ちて躓《つまづ》く神の闇　頬ふくらます明日の半ばに

うけのをの浮かれ華《はな》やぐ声の芯　臓《ざう》冷ゆるがにわれは棲みつぐ

うごきなき岩倉山《いはくらやま》に降りそそぐ時雨《しぐれ》に時《とき》の暈《かさ》は顫《た》ちくる

うさゆづる絶え間つがむに鳴る音の切り岸をなし枢《ひつ》熟《ぎう》れゆく

うきぬなは辺《へ》にも奥《おき》にも充ちゆけばささやき尽きずわが棲む声は

うきくさのうき身《み》に木々の芽ぶくごとほと漏らさるる夢の密会

うきまなご生《い》きの命のうすずみは照りかがよへり声や醒めくる

うきふねの焦《こが》れて翠《みどり》濃かりけり身《み》に負ふこゑは砕けちるかも

うきしまのうき世の夢に遁走し雨中《うちゅう》の窓に集《つど》へる夕べ

うめのはな　すきものとのみ思はねどめつたやたらに木婚《もくこん》の傷

うみをなす長き思ひのさみなしにあはれと暮るる心の柩《ひつぎ》

うじものうなねつきては身《み》を毀《こぼ》つ腰から下を消してしまへり

うもれぎの下《した》に病むとふ雨の市《いち》　恋恋《れんれん》と立つ歌は汀に

うすらびのうすき思ひに堪へかねて月の光にぬるやぬれなむ

## 【ゐ】の まくら

ゐるたづのともしき涯《はて》に心揺れわが織りゆける美しき管《くだ》

ゐるくもの起《た》ちても居《ゐ》ても沁みゆけり蜻蛉《せいれい》の黙《もだ》手にうけてゐむ

ゐまちづき明石《あかし》に花の降りしづみ心を束ねゆけるもろごゑ

## 【の】のまくら

のとがはの後《のち》に鈴ふる流離かも風の格子《かうし》に罪やめぐらむ

のちせやま後《のち》に知らなむ青旗《あをはた》の雲離《さか》りゆく傷《いた》み愛《かな》しも

のつとり雉《きぎし》にこぼれ木洩《こも》れ日《び》の声あらしめよかろき鈴かも

## 【お】のまくら

おほとりの羽易《はがひ》の山に蜜ふれば馬濡れそぼつ夕闇がくる

おほともの御津《みつ》の砂浜つややかにほほゑみのごとふたり子の恋

おほぬさのひくてあまたに重なりぬうす墨の耀《えう》　枇杷《びは》の葉にして

おほよどのおほせにまぎれゆきたるやなま恐ろしき雨の降りくる

おほゐぐさよそにのみ聞く石臼《いしうす》の花の夢から遠きに洩れぬ

おほくちの真神《まかみ》の原に閉ざしたるなまあたたかき風は木霊《こだま》か

おほふねのゆくらゆくらにすすみゆく生き継いでこし闇の裔《すゑ》なる

おほきみの三笠《みかさ》の山の頂きに未生《みしやう》詠へり風の肉叢《ししむら》

おほゆきの乱れてさびしひざ頭　光の巣なるわれは柩《ひつぎ》か

おほしまのなるとなるとと移りゆく紫陽花《あぢさゐ》の花　両手をかかげ

おとはかは渡るときしも身《み》は音《おと》に彩《あや》なすちぎり糸曳きにけり

おとはやま音《おと》にさらはれゆくことの虹色の魄《はく》　神のこなたに

おとにのみきく暴力の横たはり　なまなまと萌《も》ゆ少女汎愛《はんあい》

おちがみの乱れひきずる放火魔に内奥《ないあう》に立つ宮の祭り火

おちたぎつ瀧のたはむれ夢を解《と》き縞馬の腹嗤《わら》ひさざめく

おくかひの下焦《したこ》がれつつ息の緒の長くはながし露のみ空や

おくつゆのみだれて蒼き眠りかも鼓膜のごとき空の広がり

おくやまの深き心にこぼれたり炎の中で醒むる歌ごゑ

おくてなる長き心をさかしまに辿る鳥の夜、風の無言歌

おくしもの振《ふ》りわけ髪に風ひかる昏《くら》き血の空　渇きゆくかも

おふをよし鮪《しび》のはだへに虹ながれながれ尽きぬと詠ふ大海《おほうみ》

おふしもと木《こ》のもと闇に四散する禁色のこゑ雨や立ちこよ

おきつとり胸《むな》みるときにふかぶかと拓《ひら》けゆくらし群青《ぐんじやう》の森

おきつなみ立ちてかそけきしづかさや風吹きゆきて骨ひそみけむ

おきつしほたかしの海に煌煌《くわうくわう》と月の素顔はくづれざるかも

おきつもの靡《なび》きし影に濡れしまま生き継ぐといふ慄《ふる》へ毛ぶかき

おしていなと稲《いね》はなまなま吹く風に頬笑みの燦《さん》、燦《さん》　斉唱《せいしやう》に

おしてるや難波《なには》の叔父にこんこんと黝《くろ》い柱が眠つてゐたのだ

## 【く】のまくら

くろかみの乱れては血を薄くする闇の腐乱に身をまかせたり

くろざやのささ収《おさ》めたれ鈍色《にびいろ》の言葉《ロゴス》がのぼる譬喩《ひゆ》のわたつみ

くるべきに懸《か》けて縁《よ》せむと恋ふ人の口中《こうちゅう》に雨　炎立《ほむら》つかも

くれはとりあやに恋しく逝《ゆ》く風の裏の裏まで襞の襞まで

くれたけの夜に影踏む遊びせむ秋の夜長に月は喚《おら》ぶや

くれなゐの色に出《い》でたる思ひかも鳥渡りゆく羽音すずしも

くそかづら絶ゆることなき哂笑《しんせう》や　虚《きよ》を禁断の虚《きよ》を撲《う》たしめよ

くさかげのあらゐの崎にまどろみて弔歌《てうか》のごとき微熱きざせり

くさのはら枯れつくしたる人語なり火を弄《もてあそ》ぶリアリズムかも

くさまくらかり寝の宿に目を閉ぢるサルタンバンク炎の襤褸《らんる》

くしろつく答志《たふし》の崎に眺めたり帽子を脱ぎしネオ・ロマネスク

くもばなれ遠き君みゆ　骨箱をこつりと鳴らす懐かしさかも

くもとりのあやにあやしき亡骸《なきがら》の火をわかつごと闇に謳《うた》へり

くもりよのたどきも知らぬ道つづく生生流転《せいせいるてん》、生生遠離《せいせいをんり》

くもりびの影《かげ》にもあらぬわれなればうす墨色の受難を恋へり

くもがくる雷山《いかづちやま》の頂きに酒《さか》だちをしてしづしづと舞ふ

くもゐなす心もしのに立つ声に石や夢みむわれは見まくに

くものいの心ぼそさに揺れやまね詩を継ぐものの幻影《まぼろし》に啼く

くずかづらくる人のなきわが晩餐　緊縛のまま荒塩《あらじお》を喰ふ

くずのはのうらに棲み継ぐあはれさや夢に磨きて雨に撲《う》たるる

くずのねのいや遠《とほ》ながに響かせり雨に性愛の格子《かうし》かたむき

## 【や】のまくら

やへだたみ平群《へぐり》の山に囀《さへづ》れり風の傷《いた》みのごときもみぢ葉

やつはしのくもでに思ふわが歌にすぎゆきにけむあをき太母《おほはは》

やつめさす出雲《いづも》の闇にまぎれたり男《を》の子《こ》の背中とふ雨の名よ

やくしほの辛《から》き思ひに爪を立て詩《うた》の在《あ》りかとなれる千鳥《ちどり》よ

やくもさす出雲《いづも》の女しのぶべし暁《あかとき》かたの夢に時雨《しぐれ》す

やさかどり息づく君に伏す額《がく》のよるべなかりし祈り深きに

やきたちをとなみの関に醒めゆかむ夢越えゆける孤雲《こうん》の矜持《きょうぢ》

やきたちのとごころ淡くさわ立ちてひえびえと強《こは》し君の乳房《ちぶさ》

やすがはのやすき命と吐く君に弾痕のごと見ゆる疱瘡《はうさう》

やすのかはやすいも炎《も》ゆる愛《かな》しみにしろがねの糸曳く凧《いかのぼり》

## 【ま】の まくら

まかねふく吉備《きび》の山ざと雨ふりて汚血《をけつ》のごとき黒牛の鳴く

まがなもち弓削《ゆげ》のすすきにわけ入《い》りぬ語りかけたり雨後の夕影

まがみふる奇《く》し　神ちぎれ朱《あけ》に染むわたしの中に帰りゆく水

まくさかる荒野《あらぬ》にありて嘔吐《おうと》せりパトスの腸《わた》を秘めし笑《ゑま》ひや

まきばしら太き詩魂《しこん》の虹たちぬ神漕《こ》ぎゆくは詩《うた》の血にして

まきたつ荒山《あらやま》越えて白梅《しらむめ》の雨の里にし来たる詩の神

まきつむ泉《いづみ》の川にかぎりなく病む神の背は浮沈ふかかり

まきむくの日代《ひしろ》の宮に速雨《はやさめ》の翼うち過ぎみどりなりけり

まきのたつ荒山中《あらやまなか》に詩を闢《ひら》く神逝《ゆ》きしのち修羅を喰《くら》はむ

まきさく檜《ひ》の道とほく暮れゆきぬ遠雷はそも墓標のごとく

## 【け】のまくら

けふけふと飛鳥《あすか》彷徨《さまよ》ひ夕霧の常世《とこよ》のごとくわれをつつめり

けころもを時《とき》のしたたり光みち風の柩《ひつぎ》を築くたまゆら

## 【ふ】のまくら

ふかみるの深みしあはれふきゆきぬ蜻蛉《せいれい》のこゑ水に散りゆく

ふたさやの家を隔てて息ほそく中有《ちゅうう》の槌《つち》を守るがに恋ふ

ふくかぜを奈良志《ならし》の山の胸に散る翼にあらき沛雨《はいう》あをみぬ

ふくかぜの音《おと》に見えねばうらがなし霙《みぞれ》のごとく常闇《とこやみ》に泣く

ふさたをり多武《たむ》の山風あゆみ入る常明《じやうみやう》の傷とづる逆鳥《さかどり》

ふししばのしばし隠《こも》りし水の夢　柘榴《ざくろ》のごとく喉を開けり

ふじの音《ね》を聞く夕光《ゆふかげ》の渚にて楡《にれ》の挽歌を縁《ふち》どれる風

ふじのねの耐へぬ思ひに降りくれし深井《ふかゐ》の雪や風の曳き歌

ふせやたくすすし競《きほ》ひし女どち呪詞《じゆし》あざやかに濡れ急ぐべし

ふせやたて妻問《つまとひ》しけむしののめの骨たわむ音　詩の鞘《さや》に添ふ

## 【こ】のまくら

ころもがはみなれし人に別れてや狂を尽くして爪を立てたり

ころもでを折りては帰る想ひかも水の情事といはば云ふべし

ころもでの別れに匂ふ飢餓の水　蓬《よもぎ》を喰《く》ひて慰むるかも

ころもで常陸《ひたち》の国に遊びけり葦といふ名の女に逢ひて

ことがみに影媛《かげひめ》さらば雨となり死を重ねあふ夢や匂へり

ことだまの八十《やそ》に息づく喉ぼとけ喪《もう》は熟れゐつついづくに闢《ひら》く

ことさへく百済《くだら》の風に吹かれたり白雨《はくう》をきざす壺を抱へり

ことさけを押《お》し垂《た》るこゑのただ中に晩照《ばんせう》の手が摑みくるかも

ことひうしの三宅《みやけ》の方《かた》に歩まむに金木犀《きんもくせい》の散りて羞《やさ》しも

こよろぎの磯に歌へる流亡やこころ凍《こほ》らむさざなみの歌譜《かふ》

こづみなす寄《よ》りし芥《あくた》の身に沁みぬ雨にうたれてをらむ群肝《むらぎも》

こらがてを巻向山《まきむくやま》にまきしめよ蘭愁《らんしう》のごと揚羽《あげは》あふれ来《く》

このかはの下《した》にあはれはそそり立ち弧を引きしぼる月の肉叢《ししむら》

このねぬる朝《あした》に柱しづけきに洪水を思ふ青き血のごと

このくれの繁《しげ》き憂《うれ》ひに羽のおと悲境のごとく醒めゆきしかも

このやまのいやつぎつぎに霧走り夢のむらぎも鳥や落ちくる

このめはる春の波頭に傷《いた》み立ち祈りは深く汝《なれ》に添はなむ

こぐふねの音《おと》に立ちくる白骨《しらほね》や常世《とこよ》の国にまぎれざるかも

こまにしき紐《ひも》を濡らせる月影《つきかげ》の羽熱くして澄みてあるべし

こまつるぎ己《な》が心根《こころね》に風おちて甲虫《かぶちゆう》の死のごとき別離や

こまつくる土師《はじ》のまぼろし立ちたちていづこより負ふ深井なるかも

こけむしろ青青《あをあを》と伸びわが胸に滅びの歌を聞《きこ》しけるかも

こゆるぎの急《いそ》ぎ走れる沖の帆のかなしみ閉ぢよ闇や澄みゆく

こしほそのすがる少女《をとめ》の息の尾に触れがてにするわれの意識野《いしきや》

こひころも着《き》奈良《なら》の風や結界を招き寄すべし鳥や降《ふ》りくる

こもりぬのそこの心に虹たちてあふれゆきたり夢の白馬《あをうま》

こもりづの下《した》に流るる思ひのみ夢にじみたり月の梁《はり》たつ

こもりくのしたびの国に冷えびえとふたり咲《ゑま》ひてあるべかりけり

こもりこひ息《いき》づくわれに速雨《はやさめ》の妻や喰《くら》へる青葦の黙《もだ》

こもりえの初瀬《はつせ》の山の水ぬるみ風逝《かぜゆ》きしのち醒めざらましを

こもだたみ平《へ》に怒濤《どたう》なす血の史《ふみ》や雨にうたるる名を惜しむべし

こもまくら相《あひ》まきし妻わたの音《ね》をともに引きよせ酔《ゑ》ひてあるべし

## 【て】のまくら

てるつきの飽《あ》かず眺める君にしてはつはつの苦《く》は悦《よろこ》びならむ

てをのおとほとほとしけれ魂《たま》あらふ音みなぎりて闇を渉《わた》れり

てまのせきてまに生じし湧井かも壺中《こちゆう》ふかくに棲める告天使《ひばり》や

# 四

## 【あ】のまくら

あはぢしまあはれを重ね海界《うなさか》のこゑを求めて旅に出るかも

あはしまの逢はじと思ふ水の夢　言葉にかへす肝《きも》のごとき意味

あちかをし値嘉《ちか》の岬《さき》より秋立つと言祝《ことほ》ぎにつつ鎮める言葉

あぢかまの潟《かた》にやすらふさへづりの泡だつこゑや風の渚に

あぢむらのとを寄《よ》る海に流れだす夢占《ゆめうら》の壺をぬけし彩色《さいしき》

あぢのすむ渚沙《すさ》の入江の岩に立ち青空を吐く雲を見るなり

あぢさはふ夜昼《よるひる》しらず祭るなりひたぶるに恋ふ羞《やさ》しき光

ありちがたありて遊ばむ朝あけに物がたり醒め神を昏《くら》くす

ありそなみありありありと見む来世《らいせ》かも生き急ぐとや死に急ぐとや

ありそまつ吾《あ》を待ちかねて病むといふ笞刑《ちけい》のごときまぼろしを聴く

ありねよし対馬《つしま》がさきに終らむかたたら踏む恋ゆふ明かりなす

ありますげありては濡るるゴルゴタの丘に立《た》ちたつ小さき雲雀《ひばり》

ありあけのつれなく見えし魂《たま》遊び寄せてはかへす命なるらむ

ありきぬのさゐさゐと立ちすぎこしの籠りてころがりいでし黒土《くろつち》

あをはたの木幡《こはた》の空の風のこゑ美《いつく》しき傷のこす逸雄《はやりを》

あをによし国内《くぬち》の果てにゆき迷ひ深きにいたる琴ぞ溺るる

あをつづらくるる川面《かはも》に橘《たちばな》の御声《みこゑ》は迅《はや》く水はしりゆく

あをくものいで来《こ》し方《かた》に開きたり聡き男《を》の子《こ》ら鳥影《とりかげ》を踏む

あをやぎのいとど尽きせぬ憾《うら》み立ちかそけき御声《みこゑ》の血のごとくあり

あをみづら依網《よさみ》の丘に一脈《いちみやく》の青麦原や月影《つきかげ》もゆる

あわゆきの若《わか》やる胸を逸《はや》りつつ立ち尽くすとや濡れ尽くすとや

あかほしの飽《あ》くまで遊びあくことに血みどろの闇　月ゆあからむ

あかだまのあからぶ喉を通りつつ傷つきやすき梨を思へり

あかときの目さまし草に月の手が名残《なごり》を惜しむ爪を立てたり

あかねさし照れる月夜に蠟引《らふび》きの道つづきをり神のごとしも

あかねさすむらさき月の俘虜《ふりよ》になり紡錘形の夢に染まらむ

あからひく色妙子《いろぐはしこ》や驢馬《ろば》の目に万華鏡なす人の営み

あかきぬの純裏《ひつら》の衣こころ冴え裏も表もあらぬ恋する

あかひものながく夢みむ麻袋《あさぶくろ》かぶりて震へやまざる荒野《あらの》

あがたたみ三重《みへ》の交情《かうじやう》ぬけ落ちぬ炎となりし鳥の形《なり》して

あがこころ明石《あかし》の浦に泊まりたり内なる風に裂かれゆく旅

あたまもる筑紫《つくし》の月は砕けつつ声くわへくる光わが中《うち》に

あだへゆく小為手《をすて》の山に雨さやぎ万の草ぶえ風を吹きよす

あづさゆみ遥《はる》かに雲のこゑ解《と》かれ月の光はまろび落つかも

あらをだをかへすがへすも雪明かり夢にて驢馬《ろば》の蹄を洗ふ

あらかねの土にしかへる狐火に吾《あ》を刺しとほす妻のこゑかも

あらかきの外《よそ》にふれにし粗皮《あらかは》の声をしぼりて泣ける過ぎ越し

あらたへの衣《ころも》に置きし夜の霜過客《くわかく》のごとき月の差し入る

あらたよの幸福《さきく》かよはす空のみち風に巻かれて砕け散りたき

あらたまの年《とし》へておらぶ魂《たま》もがも夢や燃ゆると恋に告げたし

あられなすそちより来れば限りなし見失ひたるわれとなるらむ

あられうつあられ松原《まつばら》あはれやな地に息づきし天《あま》なる宴《うたげ》

あられふりとほつ真《まこと》はこゑをたつ人間の皮ぬぎすつる面《めん》

あられふる杵島《きしま》がさきの路地ふかく華《はな》を漕ぎゆくやはらかき肉《しし》

あらしほのうつこともなき岩蔭《いはかげ》は月の光の終《つひ》の栖《すみか》ぞ

あらひきぬ鳥養川《とりかひがは》のうねりにし思ひの果てにともる埋《うづ》み火《び》

あくたびの飽《あ》くとや人の去りゆきし数多《あまた》なる手にゆだねたる風

あやかきのふはやが下《した》にまどろめる弾けし音をうちし水漏《すいろう》

あやめぐさあやなき身にも許されて飽くことのなきあらまほしき死

あまとぶや雁《かり》の翼に老ゆるころ祈りふかきに君の名を呼ぶ

あまをぶねはつかに揺るる夕影の逆足に踏む波のさへづり

あまだむ軽《かる》の道ゆく点《てん》鬼《き》簿《ぼ》や魔女の箒《はうき》になりたる言葉

あまつたふ入り日に濡れし鉄塔に狐の耳の生《は》えしものの憂さ

あまつそら豊《とよ》の明《あかり》に喪《うしな》ひし首二つ三つ墨色のころ

あまつつみ留《とま》まりし舌に春を逝《ゆ》く声の巣窟《さうくつ》わらひさざめく

あまつみづ仰《あふ》ぎて待つに梔子《くちなし》の瞳に添へる光の肺腑《はいふ》

あまのはら空《そら》にただよふこゑ冴ゆる雪や燃ゆると沁みてかそけき

あまのがは水陰草《みづかげぐさ》にしたたれる光の声をかへさむか君

あまくもの別れてなどかすずしけれこゑ鞭《むち》となり風にさへづる

あまころも田蓑《たみの》の島に燃ゆる風こゑにならむとさまよひにけり

あまごもり三笠《みかさ》の山に湧く声やわれは眠りぬ声に刺されて

あまてるや日《ひ》にしづめたる声の羽　風の腕《かひな》を手繰《たぐ》りよせなむ

あまざかる夷《ひな》に光の鉾《ほこ》を立て渦の中にて白露《はくろ》にならむ

あまびこの音《おと》の便りに一塊の風をかへさむ己が底より

あけごろも明《あ》けつくしたる須臾《しゆゆ》の間に柩《ひつぎ》のごとき別れを見たり

あふことはかたわれの月　嘴《くちばし》を煮えたぎる声あふれてゆきぬ

あふことの片糸《かたいと》なればおもむろに無明《むみやう》の声にめざめてゐたり

あふさかの関《せき》にゆき逢ふ吾《われ》なれやうなじに時《とき》の流刑《るけい》をかこつ

あてかをし智可《ちか》のつぶてのひたぶるに声の夢かも空にかきけつ

あさはふる風のむき身にふれし楡《にれ》　眼《まなこ》のごとき光を生めり

あさとりの朝《あさ》たちつくす沙庭《さには》べの轍《わだち》の跡に置きし月影

あさぢはらつばらつばらにもの思《も》へば頭蓋のごとき月に照らさる

あさぢふの小野《をの》の篠原《しのはら》しのぶとも梨の形に霜の降りくる

あさかやま浅くも人を思はぬに雷はしりたる夢のサイゴン

あさかみの思ひみだれてにほひ照る草のあなたに恋の罠かも

あさかしは閏《うる》八《は》川辺《かはべ》の風の芽に想ひを乗せて旅立たせたり

あさがほの穂《ほ》にあらはるる夏のころ背中のサーザ風の爪弾《つまび》く

あさがすみ立つや樹上の佯狂者《やうきやうしや》ひかりのあばら摑みだしたり

あさつくよさやかに見れば風の庭鳥の眼《まなこ》のごときが散れり

あさつゆのけやすき命に風ふかくとろとろと陽がなべてさやけし

あさづくひむかひの丘に立ちつくす　あまたの鳥が空にし吸はる

あさづきの日向《ひむか》の山に風立ちてわがこころ根に醒めしかそけさ

あさごほりとくる間《ま》もなき苦痛かも鏡の中の森番の声

あさぎりの通《かよ》ふ思ひにつまづきし赤裸《せきら》の水夢《すいむ》　水鳥の立ち

あさみどり野《の》辺《べ》の霞に立つ煙かがよふ水《み》脈《を》のかそけさに充つ

あさしもの消えて光は破れたり生きがたき世よ鏡なす淵

あさひの笑《ゑ》みさかえ来てひと揉みの鶏のこゑ風にまつはる

あさひなすまぐはしきもの現れて燃えしづまらぬ空気の音す

あさひてる佐《さ》太《だ》の岡辺にうすき耳ひとり咲《ゑま》ひのごときアカルサ

あさひさしまぎらはしもな街川に昏《くら》き背中のごときが流る

あさひさす豊浦《とよら》の寺の夢に立つ白き炎をまとふわれかも

あさもよし紀《き》の人羨《とも》し家ぬちに雲ひろがれる望郷をすも

あさもよひ木《き》は懊悩《あうなう》を持たずして風きれぎれとゆきとどまらね

あきはぎのしなひにあらむ思ひかも薄き光を放てる犬歯《けんし》

あきかしは潤和川辺《うるわかはべ》の蜻蛉《せいれい》に白鑞《はくらふ》の影うごくたまゆら

あきかぜに山吹《やまぶき》の瀬の響《な》るなべに産みつけられし夢の累卵《るいらん》

あきかぜの千江《ちえ》の浦浦波立ちぬ木に吊られたり十三夜月《じふさんやづき》

あきのよの長き憂《うれ》ひはひろごれり陶片のごとお前を愛し

あきのたの穂《ほ》に三界《さんがい》の風宿り乳房《ちぶさ》のやうに染まる来《こ》し方《かた》

あきくさの結《むす》びし縁《えん》に子の宮や腐敗してゆく夢を啄《ついば》む

あききのふたごもりや　籠る交情　蜜蠟《みつらふ》の愛

あきぎりの立つや挽《ひ》かれし夢のなか苦役《くえき》のごとく草に旅立つ

あめにあるや神楽良《ささら》の小野に吹く風や水蜜桃になりし人はや

あめにある一つのこゑを刈る風に古代の耳を闢《ひら》くあけぼの

あめつちの共《とも》に久《ひさ》しくありぬれば告げたきことの影の鳥髪《とりかみ》

あめなるや月日《つきひ》に研ぎて飽かぬかも乳《ちち》を濡らせる水明かり立ち

あめふれば笠取山《かさとりやま》のわき腹に恋捨てに来し鳥やあるらむ

あめしるや日《ひ》に恋ひわたる紋白《もんしろ》の傷つきやすし霜の降《ふ》り来よ

あしはらの水穂《みづほ》の国に轟《とどろ》ける原子核論　乳《ちち》ゆ蒼ざめ

あしほやま悪《あ》しかる祈りに似るなれば踏みしだかれし蒼海《さうかい》の書よ

あしかきの思ひみだれてありふれどあらがねの土嗅ぐ思ひすも

あしかものうち群れひかり揉むごとし円錐形のわれの闇へと

あしがちる難波《なには》の女に惚れ狂ふあまたの襞を見する蜂の巣

あしたづの音《ね》をのみぞ鳴く昼さがり白雨《はくう》の中に動きやまざり

あしつつのひと重《へ》に思ひかへりくる薄明りする月の轍《わだち》は

あしのねの夜《よ》な夜《よ》な通《かよ》ふ神まつり半裸の光はじけしを見む

あしのうれの足の痛みに足拍子袖ふる海は謡《うた》ひてやまぬ

あしひきの山に来世《らいせ》の風まつり光の鞭と化せる白雲《しらくも》

あしびなす栄《さか》えし君に盃《はい》かかぐ口中に燃えつきる胚《はい》の地

あもりつく天《あま》の芳来山《かぐやま》はるばるとたたら踏む魂《こん》かなしみに酔《ゑ》ふ

あすかがは流れてはやき御魂《みたま》かもうなじに降れる粉雪を君《きみ》

## 【さ】のまくら

さはみづの浅き契《ちぎ》りに泡だちて吾嬬《あづま》よ吾嬬《あづま》もだ深く萌《も》ゆ

さばへなす荒ぶる魂《たま》をことごとく読み下すなりわれの性愛

さにつらふ色にまぎるるこゑの壺　風を束ねる常世《とこよ》なるかも

さかどりの朝越《あさこ》えゆきて眩《くら》みたり夢の継目《つぎめ》に降るこゑのあり

さかこえて安倍《あへ》にちりたる桜花　生きゆくことの帯を解《と》くかも

さよごろも重《かさ》ねて霜を聞く夜にきりぎりす燃へたるにあらずや

さだのうらのこの時過《さだ》ぎる調べかもわれらのもとを幾世《いくよ》過ぎけむ

さつやぬき筑紫《つくし》の山の神なれば虹の腕《かひな》に秘めませる鞘《さや》

さつきやみくらゐの山に時充《ときみ》ちて立ち尽くすべしわれの言葉は

さつきまつ花橘《はなたちばな》に香は立ちて時《とき》、時《とき》と飛ぶ蝶はあらずや

さつひとの弓月《ゆつき》が嶽に月のぼり非在の在を打つべき光

さねかづらくるを狂はむ年月《としつき》のわれらのもとに波濤《はたう》寄せくる

さねかやの柔《なご》やが鳥子《とりこ》夢青し母はからむにあはれ春の日

さねさし相模《さがむ》の小野に夕星《ゆふつづ》の性愛はそも何色《なにいろ》ならむ

さなかづらいや遠長《とほなが》く雁《かり》が音《ね》の世《よ》に朽ちぬとも神は逝《ゆ》きしか

さむみづの心もけやに滅びざれ魂を脱ぐ冬空の虹

さのつどり雉《きぎし》の響《とよ》む昼つ方《かた》するどく匂ふ指を洗ひき

さくはなの移ろふ色の華《はな》やぎや青犬を連れ母あゆみゆく

さくらばな栄《さか》え少女《をとめ》でありし母　罪ならむかも熟れ急ぐ脳

さくらをの苧原《をふ》の下草《したくさ》きぎし鳴き万《よろづ》の傷を受け入るる躰《たい》

さくらあさの刈生《かりふ》の畑《はた》を母はゆき木霊《こだま》のごとき時間は添へり

さくくしろ五十鈴《いすず》の宮に茅蜩《ひぐらし》や神は蕩児《たうじ》と思ふ群《むら》ごゑ

さくすず五十鈴《いすず》の宮にこゑ落ちて父の飢渇は霧に埋めむ

さこくしろ五十鈴《いすず》の宮に膝をつき闇鳴けといふまぎれゆくべし

さごろもの小筑波《をづくは》の嶺《ね》の風に打つ夢醒めゆかむゆくべくもなし

さてのさき小網《さで》に漁る《すなど》青人《あをひと》の草草なびき神を織りなす

ささがにの命ちるべき夕べなり裸鳥雨《らてうう》といふ神楽生《あ》れつぐ

ささがねの蜘蛛《くも》をつつめる露の玉かがよふ喉を見せし敗走

ささたけの夜《よ》に耳ひらくパトスかも死を断じたる光わが中《うち》に

ささらがはあなあなかまと厭《いと》へども生きゆくことのささらがはかも

ささらがた錦《にしき》の布に通ふらむ光の中を歩めるわれは

ささらなみ間《ま》なくも神を慕ひたる重吉の詩に雨は降らずや

ささのはのさやぐ霜夜《さうや》に月は病み声にいだして重吉を読む

ささのくま日《ひ》の隈川《くまがは》は流れけり重吉の背に消えゆく光

さざれなみ止《や》むときのなし重吉はすべてのものを神と云ひたり

さざれみづ下に通はむ思ひかも傷《いた》みとどめずゆきにけるかも

さざなみの寄《よ》る声にささうつろ身《み》を浮かせて否《いな》と闇に打たるる

さざなみや浜《はま》の真砂《まさご》に骨ひろふ泣きやまぬかもわがかげろふは

さきたけの背向《そがひ》にこゝろを挽《ひ》きゆけり父の奈落に似し兵の靴

さきくさの幸《さき》くありたし戦《をのの》きは母からの咲《ゑみ》さこそ伝はる

さゆりばな後《ゆり》を聴きたる枕かも深淵に散りいそぐあくがれ

さしならぶ隣《となり》の人や重吉とわが思ふごとかなしみ湧きぬ

さしむしろひとへに思ふ詩《うた》にして昏《くら》き傷《いた》みをわれに架橋す

さしのぼる日女《ひるめ》の命《みこと》われを駈《か》れ礫《つぶて》のごとき詩を起こさせよ

さしやなぎ根《ね》張《はり》梓《あづさ》のごとくあれ詩の繋累《けいるい》は口中に燃ゆ

さしすきの来《くる》栖《す》の丘に影落とし歩み去らずや病みし重吉

さしずみの来《くる》栖《す》の森に清められ眼《まなこ》に月を浮かべ給ふや

さひづるや唐臼《からうす》に髪の絡まりてほと夕映えぬ濡るる吾嬬《あづま》は

さひづらふ漢《あや》なる女われにゐて言葉をすする妖《えう》の唇

さひのくま檜《ひ》の隈川《くまがは》にさす月の恋恋《れんれん》と熟《う》れ馬怯《おび》えたり

さすたけの節隠《よごも》りてあれグルジアの帽子は霜の降《お》りる調べを

さすさをの長くたたらを踏むこゑす詩の滅びざるうつつ心を

## 【き】のまくら

きりかみの吾同子《よちこ》をよぎる晩春や孕む駿馬《しゆんめ》に天香《てんかう》にほふ

きくのはなうつろふ色に転生のやさしきひかり慈雨のごとあり

きみによりたち立つ夢のありさまは夕顔の花　湖水ほほゑむ

きみとわれ妹背《いもせ》の山の仲なれば死してのちなる夢に逢はむか

きみがいへに住坂《すみさか》の思《も》ひ断つと云へ舌ひるがへり輝きめぐる

きみがよは高野《たかの》の山の桜から天翔《あまか》けゆけるあはれなるらむ

きみがよに逢坂山《あふさかやま》を束ねたる独活《うど》なす光われを過ぎゆく

きみがよの遥かにつづく回廊や逆光の中にけむる墓原《はかはら》

きみがさす三笠《みかさ》の山のふところに臨月色の霞立つ見ゆ

きみがきる三笠《みかさ》の山に雨衣《うい》みだれ晴天に聴くわが愛の針

きもむかふ心は澄みてほほゑみぬ聖句のごとく筍《たけのこ》を剝く

## 【ゆ】のまくら

ゆくとりのあらそふ声はさびしけれ蒼き肉塊ぶら下がりける

ゆくかはの過《す》ぎにし人の囁きか月影に身は透きとほりゆく

ゆくかげの月の使者としはらはらと一枚の羽《は》は舞ひ降《お》りにけり

ゆくつきの入佐《いるさ》の山に置く霜の光髪《くわうはつ》を立て孤独なるべし

ゆくもの行くへは知らず闇のなか水飲む管《くだ》でありたるわれか

ゆくふねの帆《ほ》の脹《ふく》らみは輝《かがよ》へり大白鳥は蜜を曳きしか

ゆくみづの水沫《みなわ》に蒼き棘はさす秋の入り日を浴びてかそけし

ゆきむかふ年《とし》の眼《まなこ》に美《いつく》しき暴力として季節めぐらむ

ゆきのしま行《ゆ》かむ密雲《みつうん》　蒼穹《おほぞら》は肋《あばら》のごとく孕みたるかも

ゆきじもの往《ゆ》きかよひつつ冬の陽は掌《て》をひろげたり　羊水の揺れ

## 【み】の まくら

みかづきのわれて物思《ものも》ふ霧の夜　紺青の屍《かばね》はこび去られし

みかしほ　速《はや》すぎゆける雨の代《よ》に父おぼろげにひらく楫《かぢ》の音《と》

みかもなす二人並《ふたりなら》びゐ片腕《かたうで》を供犠《きようぎ》の淵に垂れてゐたりき

みそらゆく雲に人影わかちつつ『天皇記』見む霏霏《ひひ》たる雪と

みけつくに野島《のじま》の海人《あま》の奥ふかき水になりたや糸杉立てり

みけむかふ城上《きのへ》の宮《みや》に大海人《おほあま》の眼《まなこ》に立てる鳥はもだ焚く

みこころを吉野《よしの》に寄《よ》せて夜《よ》の羊なづるがに泣く男ありけり

みこもかる信濃《しなの》の空に渇きたるオルガンが鳴るいかに嘆かむ

みさごゐる荒磯《ありそ》にいでて銀嶺を望めるごとし父の半裸や

## 【し】のまくら

しただみのい這《は》ひもとほり火の色や引きめぐらせる祈り眩《まぶ》しも

したのおびのめぐり逢ふとき溶暗《ようあん》に陽の匂ひする妻のぬくもり

したびもの下《した》ゆ恋ふるに木洩《こも》れ日《び》は裸形《らぎやう》の思ひ充ちかがよへり

しくなみのしくしく恋ひし天地《あめつち》の濡れゆく黙示さけにけるかも

しきたへの衣《ころも》に月を宿らせり疾《と》き寒雲と見まがふ挽歌

しきなみのしばしば空に轟《とどろ》けり青蛾《せいが》のごとく震へし故郷《こきやう》

しきしまの大和《やまと》の空に息荒く膝を折りたる日輪やある

しきしまや道《みち》馥郁《ふくいく》と薫るかも埋葬されし英霊芽ぐむ

ししくしろ黄泉《よみ》に酔《ゑ》ひどれ舟駈《か》けり悦楽の傷ながら謳《うた》へ

ししじもの水漬《みづ》く遠景蒼茫《さうばう》と美貌の翼ひらきゆくかも

## 【ひ】のまくら

ひとごころ浅き思ひはおよぶべしあな冷えゆくと夜《よる》は明けなむ

ひかるかみ鳴《なり》波《は》多《た》まろぶ大空よロゴスを打ち据ゑたりし速雨《はやさめ》

ひたちおびの廻《めぐ》り逢ひては滾《たぎ》ちたる黙《もだ》の鼓動をうけて立ちなむ

ひだりてのわが奥の手にすすり泣く淡き翳《かげ》りに辛夷《こぶし》ゆれなむ

ひだひとの打《う》つ墨縄《すみなは》のいかばかり声を捨てては夢に醒めなむ

ひくあみの目《め》に顕《た》ちたまふ逆さ虹　揚《あ》げ雲雀《ひばり》はや散華なすかも

ひけどりの君ひけ往《い》なばまさびしき水明かりすも撫《な》づともたたね

ひさかたの光をひきて帰らざれものがたりすもわれの蒼馬《あをうま》

ひさかたや海人《あま》の目濡れむ夕汐《ゆふしほ》の翡翠《ひすい》の夢をそだて逝《ゆ》きなむ

ひきまゆの籠りてなじか雨あかり田楽《でんがく》あかり童子《どうじ》照らせり

## 【も】のまくら

もとかしは本《もと》の心《こころ》は鶏頭の赤赤と飢ゑ湧きいづるべし

もとつひと霍公鳥《ほととぎす》こよほの昏《ぐら》き血の思ひこそ擦《す》るる声すれ

もちどりのかからはしもよ詩の夢にあけゆくならむ今生《こんじやう》の果て

もちつきの満《たたは》しけむよ天《あめ》が下あまた殺《あめ》めてをりし言の葉

もののふの男女《をとこをみな》の漂ひて惚《ほう》けし万象過ぎゆきにけり

ものさはに大宅《おほやけ》すぎて枯るるらむまづわがこゝの風《かざ》明かりゆき

もみぢばの移《うつ》る傷《いた》みに夜《よる》ふれし肉《しし》むら蒼く思ひ鎮めむ

もしほぐさ搔《か》くとも醒めぬ言の葉の青隷《せいれい》の海　虚夏《きよか》を漕ぎゆく

もしほぎの辛《から》く乱れて立つ雨に肺葉《はいえう》の虹放たれゆかむ

ももしきの大宮人《おほみやびと》の身の中《うち》に羽《は》音《おと》ひびかす歌の絶巓《ぜってん》

## 【せ】のまくら

せみのはの薄《うす》き命にすず風の壊れていたりはにかみ残る

せみのおりはへ仰《あふ》向《む》けば　ほそほそふるへやまぬ思《し》惟《ゐ》かも

## 【す】のまくら

すかのやますかなく生きて過越《すぎこし》の祭の夜に濡るる胸先《むなさき》

すがはらや伏見《ふしみ》の里の霊《たま》送り露曼陀羅《つゆまんだら》に隠れ火ともる

すがのねの長き営み暮れにけり鶏冠《とさか》のごとき渇きを恋へり

すぐろくの市場《いちば》に立ちて目をつむる水鳥の恋　濡るる涅槃図《ねはんづ》

すてごろも汐馴《しほな》れたりと亀鳴くや血は過ぎゆきを染めゆくものを

すぎむらの思ひ過ぐべき営みに隠《かく》れ沼《ぬ》ありて光をかへす

すぎのかどさすがに爆《は》ぜてゆく秋の子の宮にふる淡雪あらね

すみぞめの黄昏《たそか》れときに喚《おら》ぶかも奈落にひらくあれの方舟《はこぶね》

すずかやま鳴《な》る方《かた》にほうほうたるや神の真闇《まやみ》に触るる木そだつ

すずがねの早馬駅家《はゆまうまや》に風光り釣瓶《つるべ》落としに来世《らいせ》きたりつ

# あとがき

本書『まくらことばうた』は、初句の「枕詞」と、それにより導き出される「被枕詞《ひ》」に触発されて創作したものである。古代の、異質な言葉の世界に刺激を受けながら、内省的な言葉との内なる出逢いを即興的に表出し、言葉自体に内在する超越的な力を創造性へと発揮させることを目的としている。

「枕詞」により、言葉の持つ普遍的な意味を異化する世界の創造を意図したわけである。その試みが成功しているかどうかは読者に委ねたい。

『まくらことばうた』は、2001年には一つの形に整えられていた。それを、なぜ、いま、刊行するのか。私の短歌創作におけるある転機と無関係ではない。また、2011年3月11日の東日本大震災に影響を受けたこともある。それを、ここで詳細に語ることは避けるが、「3・11」以前と以後において、創作者としての意識が同じであることは、もはややできない。
「枕詞」の多くが地名にかかり、その地名を褒め称えていることも、震災以後にこの歌集を上梓することの意味の一つとして加えたい。「枕詞」が内在する呪術的な言葉の力によって、山川草木や土地の甦りを希求する思いを託すことができれば、という儚い願いも込められた。

この歌集に収めた歌は、初めは「五十音順」に配列、発表された。このたび、上梓するに当たって、「いろは順」に配列し直した。「いろは順」の配列は、一語一語の単位で施されている。たとえば、「い」から始まる「枕詞」は、二語目以降も、それぞれ「いろは順」に配列されている。

この試みについては、「いろは歌」との関わりなど、歴史的な背景もあるが、歌の配列に有機的な偶然性を、あらためて内在させようとした。しかし、これも読者の享受に委ねたい。

1998年1月号の「歌壇」誌に掲載された歌を初めとして、その後、所属する「未来」誌に連載したテクストを中心に構成したこの歌集は、10年前に自分宛に投函した過去からの便りではない。これは、私にとっての、もう一つの「現在」であり、いまもこの歌の世界は私の内部に息づいている。そのことが確認できてよかったと思っている。

ご多忙のところ、日高堯子さん、島内景二さん、田野倉康一さんに「栞文」をお寄せいただいた。私が常日頃、心より尊敬する方々からお力をたまわり、喜びに堪えない。ありがとうございました。また、このたびも素敵な装丁をしてくださった大原信泉さん、細部にわたるアドバイスと面倒な注文を快く引き受けてくださった北冬舎の柳下和久さん、ありがとうございました。

最後になりましたが、いつも刺激を頂戴している岡井隆先生を初め、「未来」の仲間たち、そして「Ｅｓ」の同人たちに感謝を捧げます。

この歌集によって、一人でも多くの方に、私の言葉が届くことを願ってやみません。

２０１２年６月29日

江田浩司

## 著者付記

本歌集収録の短歌は、「歌壇」（1998年1月号）での発表を初めとして、「未来」誌に1999年5月号より2001年9月号まで、連続して発表しました。また、同時期に創作した未発表の短歌も新たに収録し、総歌数は666首となりました。なお、「枕詞」は、阿部萬蔵・阿部猛編『枕詞辞典』（1989年1月、高科書店刊）を参照しました。

著者略歴
**江田浩司**
えだこうじ

1959年(昭和34)、岡山県生まれ。著書に、歌集『メランコリック・エンブリオ—憂鬱なる胎児』(96年、北冬舎刊)、長編詩歌作品集『饒舌な死体』(98年、同)、現代短歌物語『新しい天使—アンゲルス・ノーヴス』(2000年、同)、歌集『ピュシスピュシス』(06年、同)、長編評論『私は言葉だつた—初期山中智恵子論』(09年、同)エッセイ集『60歳からの楽しい短歌入門』(07年、実業之日本社刊)がある。「未来」編集委員。短歌誌「Es」同人。
住所=〒201-0001東京都狛江市西野川2-30-2
E-mail=eda_h77@yahoo.co.jp

**まくらことばうた**

2012年11月1日　初版印刷
2012年11月10日　初版発行

著者
**江田浩司**

発行人
**柳下和久**

発行所
**北冬舎**
〒101-0062東京都千代田区神田駿河台1-5-6-408
電話・FAX　03-3292-0350
振替口座　00130-7-74750
http://hokutousya.jimdo.com

印刷・製本　株式会社シナノ


定価：[本体1900円+税]
ISBN978-4-903792-37-8 C0092
落丁本・乱丁本はお取替えいたします